地图册

[阿根廷] 豪尔赫·路易斯·博尔赫斯 著

王永年 译

上海译文出版社

题注：本书原文题名为 Atlas（阿特拉斯）。阿特拉斯是希腊神话中的巨人，普罗米修斯的兄弟，因反对宙斯，被罚去托天。在古代西方最早的地图册封面上绘着阿特拉斯托持天体的形象，因此称地图册为阿特拉斯。本集单行本原是作者和玛丽亚·儿玉游历各地的照片集，由作者配诗；收入原版《博尔赫斯全集》时，原编者删去图片，只保留文字。

Jorge Luis

Borges

Atlas

目 录

序　言

在我印象中，首先提出动机多样化的是斯图尔特·米尔[1]；本书当然不是地图册，就本书而言，我可以指出两个显而易见的动机。第一个是阿尔贝托·吉里。玛丽亚·儿玉和我愉快地生活在世期间，我们游历和欣赏了许多地区，拍了不少照片，带出了相应的文字说明。第二个动机是恩里克·佩佐尼，他见到了那些照片；吉里提出可以把它们汇编成书，内容虽然纷繁，却有奇趣。于是，有了这个集子。它不是一系列附有照片的说明文字，或者一系列用文字解释的照片。每个题目都独立成章，既有形象，又有文字。发现前所未知的事物不是辛伯达、红头发埃里克或者哥白尼的专业，人人都是发现者。开始先发现苦、咸、凹陷、光滑、粗糙、彩虹的七色和字母表上的二十几个字母；接着发现面庞、地图、动物、天体；最后发现怀疑、信仰和几乎完全能确定的自己的无知。

玛丽亚·儿玉和我一起惊喜地发现了各各不同、独一无二的声音、语言、晨昏、城市、花园和人们。希望这些篇章成为仍将继续的漫长而奇妙历程的纪念。

豪·路·博尔赫斯

---

1 John Stuart Mill（1806—1873），旧译穆勒，英国哲学家、经济学家，著有《论自由》、《代议制民主》、《功利主义》等，他写的《逻辑体系》（1843）首次用经济理论联系社会实际。

高卢*女神

当罗马推进到这些最后的土地和它的没有界定并且或许没有尽头的淡水海，当恺撒和罗马这两个响亮崇高的名字到达这里的时候，烧焦的木雕女神已经存在了。他们按照帝国的漠不关心的方式把她称作狄安娜或者密涅瓦，因为帝国不是传教士，喜欢兼并被战胜的神祇，用自己的名称加以识别。以前她在严格的等级制度中占有一席之地，是一个神祇的女儿和另一个神祇的母亲，人们把她同春天的妩媚和战争的恐怖联系起来。如今一个博物馆收藏并展出那个奇特的东西。

她没有给我们带来神话传说，没有她自己的话语，只有现今已经埋葬的几代人的沉默的呼喊。她是件破损而神圣的东西，任我们漫无边际的想象不负责任地添枝加叶。我们永远不会听到膜拜她的人的祈求，也永远不知道仪式是什么模样。

---

* 阿尔卑斯山脉两侧的古代地理名称，相当于现在的意大利北部和法国地区。

图　　腾

据波菲利记载，亚历山大城的普罗提诺拒绝人们为他画像，说他无非是自己的纯精神原型的影子，画的肖像便成了影子的影子。

几世纪后，帕斯卡重新发掘出那个反绘画艺术的论点。我们在本书中看到的形象[1]是一尊加拿大偶像的摹本的照片，也可以说是影子的影子的影子。它的原件（我们姑且这么称呼）耸立在雷蒂罗第三车站的后面，无人祭祀。那是加拿大政府的一件官方礼物。加拿大不在乎用那种野蛮的形象来代表国家。南美国家的政府却不敢冒险把一尊无名和粗陋的塑像送人。

我们了解这些情况，然而当我们念及沙漠里的一个图腾，一个默默地需要神话、部落、祈求甚至牺牲的图腾，不禁浮想联翩。我们对它的礼拜仪式一无所知；所以只能在朦胧的晨昏梦想它。

1 博尔赫斯指的是有插图的初版《地图册》里本文的插图。——原编者注

恺　　撒

匕首把他撂倒在这里。
这里是一个惨死的人，
一个名叫恺撒的人。
火山口开在他金属般的躯体。
昨天曾被用于争取荣耀，
开创历史，完成大业，
充分享受生活的欢乐，
今天强大的机体遭到阻挠。
那位英明的皇帝
曾经放弃桂冠，
指挥过战役和舰队，

遭到人们的礼赞和妒忌。

这里也是一个后来者，

他巨大的影子将整个世界笼罩。

爱 尔 兰

往昔浓重的影子不让我用历史的眼光审视，或者惬意地审视爱尔兰。那些影子叫作埃里金纳[1]，对他说来，我们的全部历史是上帝的一个大梦，最后我们仍归于上帝；剧本《回归梅杜塞拉》[2]和雨果那首题为《阴影巨嘴的启示》[3]的名诗表达了同样的主张；那些影子也叫作乔治·贝克莱，贝克莱认为上帝纤悉无遗地梦见了我们的一切，他一旦醒来，天地就消失得无影无踪；那些影子又叫作奥斯卡·王尔德，此人时乖命蹇，潦倒而死，但留下的作品却像黎明和水一样美好清新。我想起惠灵顿，他在滑铁卢之役后觉得胜利的可怕程度不低于失败。我想起两位杰出的巴罗克诗人，叶芝和乔伊斯，他们无论运用散文或诗歌形式都为了创造美这同一目的。

我想到乔治·穆尔[4]，他在《致敬与告别》中创造了一种新的文学体裁，体裁本身并不重要，重要的是它给予人们的愉悦之感。在两三个丰富多彩的日子里，我能看到的东西很少，回忆的东西很多，而那些巨大的影子布满了我的回忆。

其中最生动的是圆塔，我眼睛看不见，但能用手触摸，那里的修士们在艰难的岁月里为我们保全了希腊文和拉丁文，也就是说保全了文化，做了一件大好事。对我说来，爱尔兰这个国家的人民基本上都是好人，天生的基督徒，具有永远做爱尔兰人的奇特的激情。

我走在《尤利西斯》里的居民们走过的并且继续在走的街道上。

---

1 John Scotus Eriugena（810—877），爱尔兰新柏拉图主义哲学家、神学家，祖先是苏格兰人，著有《论自然分化》，主张上帝与自然的融合。

2 爱尔兰作家萧伯纳 1921 年写的一部喜剧，写人类的完美化和通过科学方法延长生命。用幻想手法讽刺当时和未来的英国社会。

3 雨果 1856 年的诗集《静观集》中一首探索宇宙人生的哲理诗。

4 George Moore（1852—1933），爱尔兰小说家、诗人，著有唯美主义诗歌《情欲之花》、散文诗传奇《爱洛绮斯和阿贝拉》等；三部曲《敬礼与告别》用闲谈式笔法追忆他在爱尔兰的生活和交游，书名 Ave atque vale 为拉丁文，借用罗马抒情诗人卡图卢斯在其兄墓前致的悼词，ave 和 vale 分别是第一和第三部的标题。

狼

在最后的昏暗里，

灰狼悄悄在河边留下足迹；

这条无名的河为你的喉咙解渴，

混浊的水面映不出星光。

这个夜晚，

形单影只的狼

寻找伴侣，觉得寒冷。

它是英格兰最后的一头狼。

奥丁和托尔早已知道。

一位国王在他高大的石屋

决定消灭所有的狼。

置你于死地的武器已经铸成。
撒克逊狼，你枉活在世上。
你凭凶残不足以生存。你是最后一头。
再过一千年，一个老人
将在美洲梦见你。
未来的那个梦帮不了你的忙。
今天人们在丛林里搜寻你的足迹，
将你围追堵截，
最后昏暗里的悄悄的灰狼。

伊斯坦布尔

迦太基是遭到诬蔑的文化的最明显的例子，除了它的毫不容情的敌人们的不实之词外，我们对它一无所知，福楼拜也不可能知道。土耳其就不可能遭到相似的情况。我们想到一个凶残的国家；那种概念可以追溯到十字军时期[1]，十字军东征是历史上最凶残、最少受到谴责的行动。我们想到基督教的仇恨，这种仇恨也许不下于伊斯兰教的仇恨，而且达到同样狂热的程度。在西方，奥斯曼人缺少一个伟大的土耳其名字。我们听说的只有显赫的苏莱曼[2]（和萨拉丁的一鳞半爪[3]）。

经过三天逗留之后，我对土耳其能有什么了解？我看到一个极其美丽的城市、博斯普鲁斯海峡、金角湾和黑海入海口，海滩上曾发现刻有古代斯堪的纳维亚的如尼文字的岩石。我听到一种悦耳的语言，和德语相似，但柔和得多。众多不同的民族的幽灵在这里游荡；我想象中拜占庭皇帝的卫队是由斯堪的纳维亚人组成，黑斯廷斯战役后从英格兰逃亡的撒克逊人加入了他们的行列。毫无疑问，我们应该回到土耳其，重新发现它。

---

1 1096 至 1270 年间，欧洲封建贵族以收复圣城耶路撒冷、弘扬基督教的名义，组织十字军，对土耳其人和撒拉逊人进行了八次战争。

2 Süleyman the Magnificent（约 1496—1566），著名的土耳其国王，在位时大力提倡发展文化艺术和科学。

3 Saladin（1138—1193），埃及和叙利亚苏丹，第三次十字军东征时攻占耶路撒冷，被伊斯兰世界奉为英雄。

礼　　物

你得到了不可见的音乐，
那是时间的特点，在时间中休止；
你得到了悲剧的美质，
你得到了爱情，可怕的事物。

你得以知道
世上的美人中间只有一位，
能在下午辨清月亮
以及和月亮一起的星辰。

你得到了恶名，

顺从地审视刀剑的罪行
迦太基的废墟，
东西方难解难分的战役。

你得到了语言，骗人的东西，
你得到了肉体，无非是一堆黏土，
你得到淫秽的噩梦，
以及在镜子里瞅着我们的另一个人。

时间敛聚的书籍里
给了你几页篇幅；
还有时间长河没有冲刷掉的
伊利亚的悖论。

名字像一把剑，
把文字付诸行动的那一位，
给了你人类之爱的骄傲的血液，
(这是一个希腊哲人的比喻。)

你还得到了别的东西和他们的名字：
正方体、金字塔、球体、
数不清的沙粒、木头
和一个让你混迹人间的躯体。

你无愧地品味了每一天；
这就是你的历史，也是我的。

威　尼　斯

峻峭的岩石，源起山巅的河流，河水和亚得里亚海水的汇合，历史和地理的偶然和必然，挟带下来的泥沙，岛屿的逐渐形成，近在咫尺的希腊，鱼群，人们的迁移，阿摩里卡[1]和波罗的海的战争，草泥糊墙的茅屋，纵横交错的运河网，远古的狼，达尔马提亚[2]海盗的骚扰，精致的红陶器皿，平顶房屋，大理石，阿提拉[3]的骑兵和长矛，身无长物的渔民，伦巴第人，东西方交汇点之一，如今已被遗忘的几代人的日日夜夜，这一切都有一段故事传说。我们还记得威尼斯共和国最高行政长官每年在牛身人面兽木雕船头扔下的金指环，在昏暗或黢黑的水里形成时间长链的不明确的环节。不应忘记孜孜不倦地寻找阿斯彭遗稿[4]的人、不应忘记丹多洛[5]、卡尔帕乔[6]、彼特拉克、夏洛克[7]、拜伦、贝波[8]、罗斯金[9]、马塞尔·普鲁斯特。记忆里还有耸立在广袤平原两端的船长青铜像，几百年来他们遥遥相对，望而不见。

吉本指出，古老的威尼斯共和国的独立归功于剑，但靠笔证明。帕斯卡说，河流是行走的道路；威尼斯的运河则是忧郁的平底船行走的道路，平底船和忧郁的提琴相似，它们柔和的线条让人联想到音乐。

我曾写过一篇《威尼斯的玻璃和黄昏》。在我看来，黄昏和威尼斯几乎是同义词，但我们的黄昏失去了光线，害怕黑暗，而威尼斯的黄昏却是美妙永恒的，既没有过去，也没有未来。

---

1 古代高卢地区，相当于现在法国的布列塔尼。

2 濒亚得里亚海的克罗地亚地区。

3 Attila（432—453），匈奴国王，曾率军横扫欧亚两洲，战败后死于多瑙河畔。

4 美国小说家亨利·詹姆斯 1888 年出版的中篇小说《阿斯彭文稿》中的情节。

5 Enrico Dandolo（约 1108—1205），威尼斯共和国执政官。

6 Vittore Carpaccio（约 1455—约 1525），威尼斯画家。

7 莎士比亚喜剧《威尼斯商人》中的人物。

8 英国浪漫主义诗人拜伦 1818 年发表的长诗《贝波》的主人公，贝波是威尼斯贵妇劳拉的丈夫，被俘沦为海盗，后回国与劳拉团聚。

9 John Ruskin（1819—1900），英国作家，1840 年因病在意大利休养时，搜集资料从事著述，著有《威尼斯之石》等有关艺术问题的作品。

博利尼抄道

我们的时代有了左轮手枪、来复枪和神秘的原子武器，我们的时代发生了生灵涂炭的两次世界大战、越南战争和黎巴嫩战争，我们对十九世纪末期里瓦达维亚医院附近秘密发生的小型斗殴却产生了怀旧之情。墓地后面和监狱黄墙中间的地段曾被叫作“火地”；据说那个地区的人选了这条抄道进行动刀子的决斗。决斗可能发生过一次，后来传说有许多次。没有证人，但也许有个警察好奇地观看匕首你来我往的挥舞。裹住左手前臂的斗篷充当护盾；匕首寻找对方的腹部或胸部；假如决斗双方都是好手，这场厮杀可能持续很长时间。

不管怎样，想到外面还有遗留下来的低矮的房屋，还有今天已经少见的大杂院和那种寒酸的神话的兴许是虚假的影子，晚上待在这座高大敞亮的房子里总是相当惬意的。

波塞冬神殿

我觉得以前没有海神，正如没有太阳神一样；海神和太阳神这两个概念同原始人类的思维方式是格格不入的。有海洋和波塞冬[1]，波塞冬也是海洋。很久以后，出现了神谱和荷马，按照塞缪尔·巴特勒[2]的说法，荷马把后来的神话编进了《伊利亚特》的喜剧间奏曲。时间和历代的战争带走了神的外貌，但留下了海洋——他的另一个形象。

我的妹妹常说，小孩们先于基督教。古希腊人也是如此，尽管他们有穹隆屋顶的教堂和圣像。此外，他们的宗教与其说是纪律，不如说是一组梦，其中的神可能不如克尔。波塞冬神殿建于公元前五世纪，也就是说，哲学家们怀疑一切的时代。

世上没有不神秘的事物，但是某些特定的事物比另一些事物的神秘性更为明显。例如海洋、黄颜色、老人的眼睛和音乐。

1 Poseidon，希腊神话中的海洋之神。

2 Samuel Butler（1835—1902），英国作家，著有乌托邦小说《埃瑞洪》和《重游埃瑞洪》、讽刺小说《众生之路》等，写过《〈奥德赛〉的女作者》一文，论证《奥德赛》的作者是一位妇女。

开　　端

两个希腊人在谈话：也许是苏格拉底和巴门尼德。

我们最好永远也不知道他们的名字；这一来，历史就更神秘，更平静了。

对话的主题是抽象的。有时候他们提到神话，其实两人不再相信神话。

他们列举的理由可能错误百出，达不到目的。

他们没有展开争论。谁都不希望说服对方，也不希望被说服，谁都不想获胜，也不想失败。

唯有在一件事上他们是一致的；他们知道讨论是达到真理的并非不可能的道路。

他们思考或者试图思考，不受神话和比喻的束缚。

我们永远不会知道他们的名字。

我们不认识的两个人在希腊某地的这次谈话是历史的首要事实。

他们忘了祈祷和魔法。

气 球 旅 行

正如梦境和天使所展示的，飞翔是人类基本的渴望之一。我还没有升腾的经历，并且没有理由设想我在有生之年能有体验的机会。乘飞机的感受显然不能同飞翔相比。封闭在一个玻璃和金属的整洁环境里的感觉同鸟类和天使的飞翔不一样。空中机务人员介绍氧气面罩、安全带、侧舷紧急出口和办不到的空中杂技等等吓人的预言，不是（也不可能是）吉祥之兆。云层遮蔽阻断了陆地和海洋。航程几乎让人腻烦。气球却不一样，它给我们一种和风拂面、与飞鸟为伍、亲自参与的真正飞翔的感觉。如果谁从没有见过红色，我用圣约翰的血色月亮或者狂怒来比喻是徒劳的；如果谁没有感受过乘气球旅行的幸福，我很难向他解释。我认为“幸福”两个字再恰当不过了；三十来天前，玛丽亚·儿玉和我在加利福尼亚时，我们去到纳帕山谷一个简朴的机构。大概是凌晨四五点钟；我们知道天快亮了。一辆卡车带着装有悬篮的拖车，把我们送到平原上一个更远的地方。他们卸下长方形的柳条和木制的悬篮，费劲地从大帆布袋里取出气球，把它摊开在地上，用鼓风机吹那个尼龙布做的玩意儿，成了一个倒置的梨子形状，像是我们儿时在百科词典看到的图片里那样，气球徐徐膨胀，达到了一幢多层楼房的高度和体积。悬篮没有侧门或舷梯；他们不得不把我抬起来，越过边缘进入悬篮。我们一共五个人，驾驶员时不时朝那个凹形的气球里鼓吹热空气。我们扶着篮框站着。天色逐渐明亮；我们像天使或飞鸟似的置身高空，田野和葡萄园在我们脚下展开。

空间十分开阔，悠闲的风像缓缓的流水那样带着我们飘荡，抚摩着我们的额头、面颊和后颈。我认为我们都有一种几乎是肉体的幸福感。我说“几乎”是因为单纯肉体的幸福感和痛苦是不存在的，它们总夹杂着以前的经历、当前的境况、惊异和其他意识。这次为时一个半小时的航行也是在十九世纪那个失去的乐园里游历。乘着蒙戈尔菲耶[1]设想的气球旅行好像是重新浏览爱伦·坡、儒勒·凡尔纳和威尔斯的篇章。它让人联想起住在月球内部的月球人，他们乘着和我们相似的气球从一条巷道到另一条巷道，根本不会晕眩。

1 指法国的约瑟夫-米歇尔·蒙戈尔菲耶（Joseph-Michel Montgolfier，1740—1810）和雅克-艾蒂安·蒙戈尔菲耶（Jacques-Etienne Montgolfier，1745—1799）兄弟，热气球的发明者，1783 年 6 月 4 日他们制作的世界上第一个热气球在法国阿诺奈不载人飞行了约十分钟。

德 国 梦

今天早上，我做了一个梦，醒来不知所措，后来才逐渐理出头绪。

你的父母生育了你。在沙漠的那一边有盖满灰尘的教室，或者仓库似的场所，里面是一排排并行的破旧的黑板，长度有好几里。仓库的确切数目不清楚，但肯定很多很多。每个仓库里有十九排黑板，黑板上用粉笔写满了单词和阿拉伯数字。每间教室都有日本式的金属滑门，已经锈迹斑斑。粉笔字从黑板左边以一个单词开始。下面是另一个单词，严格按照百科词典的字母顺序先后排列。比如说，第一个词是 Aachen（亚琛），一座德国城市的名字。下面紧接着的第二个词是 Aar（阿勒），伯尔尼的河流名；排在第三位的是 Aarón（亚伦），《圣经》中利未族长的名字。再下面是 abracadabra（驱病符或咒语）和 Abraxas（刻有神秘字样的护身符）。那些词后面分别记有你一生中看到、听到、记起或者念出那个词的确切次数。有一个不确定但肯定不是无限的数字，代表你从呱呱坠地开始到寿终正寝为止念出莎士比亚或者开普勒的名字的次数。远端一间教室里最后一块黑板上写着 Zwitter，德文的这个词意思是“雌雄同体”或“两性人”，下面的数字表示你命中注定要看到蒙得维的亚城的次数，这个数满了以后，你还能活下去。注定你要念某一句六韵步诗的次数满了以后，你也能活下去。但是，注定你心跳的次数满了以后，你就得死去。

发生这一切时，粉笔写的字母和数字并不马上消失（你一生中每时每刻都有人涂改或者抹掉一个数字）。其中道理我们永远闹不明白。

雅　典

我到雅典的第一天，第一个早晨就做了这个梦。我面前的长搁板上有一排书。一套《大不列颠百科全书》，我失去的乐园之一。我随便抽出一卷，寻找柯尔律治的名字；条目有结尾但没有开头。然后我寻找“克里特岛”条目；也是有尾无头。我接着寻找“象棋”条目。那时梦境突变。在一个有许多人围观的阶梯剧场的高台上，我和我父亲下棋，他又是虚假的阿尔塔薛西斯[1]，此人耳朵被割掉，他众多的妃嫔之一在他睡觉时轻轻抚摩他脑袋，发现了这个秘密，后来被杀。我移动了一个棋子；对手没有动子，但施展了魔术，抹掉了我一个子。这种情况反复出现了几次。

我醒了，心想：我身在希腊，这里的事物如果和我梦见的百科全书里的条目不同，都有开端的话，一切已经开始了。

1 Artaxerxes，公元前 5 世纪至前 1 世纪几任波斯国王的名字，此处所指不详。

日　内　瓦

在世上所有的城市中，在一个浪迹天涯的人一直寻找而有幸遇到的各个亲切的地方中，日内瓦是我认为最适合于幸福的城市。从一九一四年开始，日内瓦让我接触到法语、拉丁语、德语、表现主义、叔本华、佛教教义、道教教义、康拉德、拉夫卡迪奥·赫恩[1]，以及对布宜诺斯艾利斯的怀念。日内瓦也让我感受到爱情、友谊、屈辱和自杀的诱惑。回忆中的一切，包括不幸，都是美好的。这些理由都属于个人范畴；我不妨说一个带有普遍性的理由。日内瓦和别的城市不同，它不强调自己的特色。巴黎始终意识到自己是巴黎，自尊的伦敦知道自己是伦敦，日内瓦却几乎不知道自己是日内瓦。加尔文[2]、卢梭[3]、阿米耶尔[4]、费迪南·霍德勒[5]的巨大影子笼罩在这里，但是谁都不向游客唠叨。日内瓦同日本有点相似，它不断自我更新，却不抛弃过去。老城区的山地小巷、教堂和喷泉池依然存在，可是也有大城市的书店、西方和东方的商业。

我知道我总要回日内瓦的，也许是在肉体死亡以后。

---

1 Lafcadio Hearn（1850—1904），1895 年起又名小泉八云，他在都柏林长大，移居美国，曾将日本的文化与文学介绍给西方。

2 John Calvin（1509—1564），法国宗教改革家，1533 年被迫离开巴黎，在日内瓦成立新教总部。

3 卢梭于 1712 年生于日内瓦。

4 Henri Frédéric Amiel（1821—1881），瑞士学者，他的《内心日记》成为自传方面的经典著作。

5 Ferdinand Hodler（1853—1918），瑞士画家，作品有民族特色。

石头和智利

我仿佛经过这里许多回。
次数已经记不清楚。
逝去的早晨或下午，
似乎比恒河还遥远。
命运的挫折无关紧要。
已成为黏土一部分，我的过去，
任凭艺术摆弄或时间销蚀，
任何占卜者都不能解释。
黑暗中或许有一把剑，
或许有一朵玫瑰。
交织的影子把它们掩盖。

我什么都不剩，只有灰烬。

摆脱了旧我的面具，

死亡中我只是彻底的忘却。

奶油圆球蛋糕

中国人善于思考，有些中国人曾经认为，而且仍然认为，人间的每一件新事物在天上都有其标准型的反映。冥冥中某人或者某物具有刀剑、桌子、品达式颂诗、三段论法、沙漏、钟表、地图、望远镜、天平的标准型。斯宾诺莎指出，每一事物都希望永远保持它的本色；虎希望做虎，石头希望做石头。就个人来说，我发觉任何事物都倾向于成为它的标准型，有时确实也做到了。爱和被爱足以使你认为另一个男人或女人已经成了你的标准型。玛丽亚·儿玉在月亮面包房买了这个大奶油圆球蛋糕，带回旅馆给我时说它是标准型。我马上明白她是对的。

旷 世 杰 作

可以想象一位雕塑家出来寻找创作题材，但是那种思想狩猎对于追求惊奇的人可能适用，对艺术家来说就不太合适了。比较可信的是，除非那位艺术家是个突然有了视力的人。看不见，并不是因为失明或者闭上眼睛；我们看见事物是凭记忆，正如我们思考问题也是凭记忆，把相同的形状或相同的概念在记忆中加以重复。我敢肯定说，某某先生，我不记得他的名字了，突然间看到了有史以来人们从未见过的东西。他看到了一个按钮。他看到了人们常用手指触摸的那个普通的器具，认为要把一个简单东西的启示传递给别人，必须放大它的尺寸，于是创作了我们在这幅图片里和在费城一个广场中心看到的巨大无比的圆圈。

埃皮扎夫罗斯 *

正如从远处观看一次战役，正如吸到有咸味的空气、听到浪涛拍岸的声响而预感海洋临近的人，正如进入一个国家或者一本书籍的人那样，前天晚上，我在埃皮扎夫罗斯大剧院观看《被缚的普罗米修斯》[1]演出。除了连希腊人也不熟悉的表示乐器和学科的古希腊文之外，我对希腊文一无所知，几乎可以同莎士比亚相比。开始时，我试图回忆早在五十多年前读过的那出悲剧的西班牙文译本。后来我回想雨果和雪莱的著作，以及描绘那个泰坦被缚在山上的情景的版画。我揣摩那个已经成为人们普遍记忆的一部分的神话。始料不及的是，我情不自禁地被乐器和语言两种音乐迷住了，我不了解语言的意义，但能感受它古老的激情。

我觉得演员们念的诗句不太符合格律，除了诗句和那著名的神话以外，我在那深沉的夜晚领悟了那条深沉的河流。

---

* 爱琴海滨的城市，有供奉希腊神话中的医神埃斯库拉比斯的古代庙宇，常有患者前去祈求解除病痛。

1 Prometheus，希腊神话中的泰坦之一，从天上盗取火种带到人间，因此触怒宙斯，被锁在高加索山巅，每日遭神鹰啄食肝脏，夜间伤口愈合，天明神鹰复来。后被赫拉克勒斯解放。《被缚的普罗米修斯》是古希腊悲剧作家埃斯库罗斯的代表作。法国作家雨果的史诗《历代传说》中也歌颂了普罗米修斯为人类谋幸福的斗争；英国诗人雪莱的诗剧《解放了的普罗米修斯》融合了希腊形式和现代革命思潮。

卢 加 诺*

我口授这篇文字时，觉得脑海里浮现出一个群山环抱的大湖形象和那些逦迤山峦在湖面的倒影。当然，那是我对卢加诺的回忆，但是也有别的。

其中一个是，一九一八年十一月一个不太寒冷的早晨，我父亲和我在几乎空旷的广场上看到黑板上的粉笔字，通告中欧帝国[1]投降，也就是盼望已久的和平的到来。我们两人回到旅馆，宣布了这个好消息（当时还没有无线电话技术），我们没有香槟，而是用意大利红葡萄酒庆祝。

还有一些别的回忆，在我个人经历里不很重要，在世界历史上更无足轻重了。首先是我发现了柯尔律治最著名的那首歌谣。我沉浸于柯尔律治在十八世纪末看到大海之前幻想中的格律和形象的静静的海洋，他去德国后大失所望，因为现实中的海洋比柯尔律治纯精神的海洋要小得多。第二个回忆（其实也不能算第二，因为两件事几乎是同时发生的），是魏尔兰的诗，另一种同样奇妙的音乐的启示。

---

* 瑞士东南部的湖泊和湖畔的城市名。

1 第一次世界大战时，德、奥、匈三个中欧帝国和土耳其、保加利亚为一方；法、英、俄、比、塞尔维亚、日、意、罗马尼亚、美、希腊、葡萄牙为另一方。

我最后的虎

我一生与虎有缘。从早年起，阅读和我别的生活习惯交织得十分紧密，以至我确实不知道我的第一只虎是版画上的图像，或是我在铁栅栏外着魔似的看它不停地走来走去的、那只现在已经死了的真虎。我父亲喜欢买百科词典；我显然根据书中虎的图片作出好坏的判断。现在我还记得蒙塔内尔-西蒙出版社那套百科词典里的图片（一幅西伯利亚白虎和一幅孟加拉虎），还有一幅十分精致的钢笔画，上面的虎正从一个有河的地方跃起。除了这些视觉的虎以外，另有文字描绘的虎：布莱克著名的篝火诗（虎，虎，燃烧得多么明亮）以及切斯特顿为虎下的定义：有震撼力的优美的标志。我小时候看过《丛林故事》，使我一直感到遗憾的是希尔汗是神话故事里的坏蛋而不是英雄的朋友。我想回忆一个中国人用毛笔画的蟠曲的虎的模样，但是想不起来，那个中国人从未见过虎，但无疑见过虎的标准型。那只纯精神的虎在阿妮塔·贝里的《儿童美术》里也可以找到。人们有充分的理由要问，我为什么喜欢虎而不喜欢亚洲豹、非洲豹或者美洲豹？我只能回答说，因为我讨厌斑点而不讨厌条纹。如果我不写虎而写“豹”，读者马上会觉得我言不由衷。在这些视觉和文字传递的虎之外，我还增添了我们的朋友库蒂尼告诉我的另一只虎，那是名叫“动物世界”的奇特的动物园里不用樊笼关起来的虎。

最后的那只虎是有血有肉的真虎。我带着惊骇的幸福感接近了那只虎，它用舌头舔我的脸，无动于衷或者亲热地把爪子搁在我头上，和我以前感觉的虎不同的是，它有气味，有分量。我不想说那只使我惊恐的虎比别的虎更真实，因为一株圣栎树不会比梦中的形象更真实，但是在这里，为了我今天早晨感到的有血有肉的真虎，我要感谢我们的朋友，它的形象同书中虎的形象一样使我魂牵梦萦。

尘世巨蟒*

一望无际的海洋，

见首不见尾的庞然大物，

洪荒时代的绿蟒，绿色的海洋和巨蟒，

把同它一样圆形的陆地盘绕。

蟒嘴咬住从天际绕回的蟒尾，

强大的环形为我们

包揽了风暴、黑暗、光明、

声响，以及反光的反光。

它又是一条两头蛇。

众多的眼睛相互注视，毫无畏惧。

每一个头愚蠢地乱嗅

战争遗留的刀枪和掠获。
冰岛曾经梦想。
开阔的海洋望见了它，感到害怕；
它将和遭到诅咒的船一起归来，
那艘船的武装是死者的指甲。
它的影子大得不可思议，
笼罩着苍白的土地，
那里白天狼群出没，
傍晚夕阳无比辉煌。
它假想的形象是我们的污点。
破晓时我在梦中看见。

---

* Midgarthormr，北欧神话中尘世与天堂相对应；主神奥丁靠众神帮助把巨蟒投入大海，巨蟒便盘绕在陆地周围。

梦　　魇

我关好公寓大门，朝电梯走去。我正要按电钮时，一个模样十分奇特的人引起我的全部注意。他身材高得异乎寻常，照说我应该明白自己是在做梦。一顶圆锥形的帽子使他显得更高。他的面相（我没有看到侧面）像鞑靼人，或者像我想象中的鞑靼人，一部黑胡子也是圆锥形的。他带着嘲弄的眼神瞅着我。他身上是一件有光泽的大衣，黑色的面料满是白色的大圆圈。大衣长得几乎拖到地上。或许我怀疑自己是在梦中，居然用不知什么语言问他为什么这样打扮。他嘲弄地朝我笑笑，解开大衣纽扣。我发现里面也是一件长衣服，同样的面料，同样的白色圆圈，我料想（梦中都料事如神）再里面还有一件。

那时候，我产生了不会混淆的梦魇的感觉，便醒了过来。

格雷夫斯[*]在德亚

当我口授这篇文字，或许当读者看到这篇文字的时候，那位已经超越了时间和时间数字的罗伯特·格雷夫斯在马略卡接近死亡。是接近死亡而不是弥留，因为弥留近似挣扎。那位一动不动地坐着的老人，由他妻子、儿女和孙辈（最小的孙子还在襁褓之中）陪伴，另外有几个来自世界各地的客人（据说其中有位波斯妇女），不是挣扎，而更接近一种陶醉的状态。尽管看不见、听不到、不说话，那个高大的身躯仍在履行它的职责。我以为他认不出我们，可是当我们告辞时，他伸出手和我相握，并且吻了玛丽亚·儿玉的手。他的妻子在花园门口对我们说：你们一定要再来啊！这儿像天堂一样美！[1]这是一九八一年的事。我们一九八二年又去了一次。

妻子用匙子喂他吃东西，大家都很忧郁，在等待结局的来到。我明白我说的年份对他只是一个永恒的瞬间。

读者也许没有忘记《白色女神集》；我不妨在这里介绍其中一首诗的情节。

亚历山大三十二岁时并没有死于巴比伦。一次战役后，他迷了路，在森林里闯了好几夜。最后，他望见了营地的篝火堆。长着丹凤眼、黄皮肤的人接纳了他，救了他的命，后来让他参加了他们的军队。他忠于军人的命运，在他不熟悉的沙漠地区长年征战。一天，军队关饷。他辨认出一枚银币上的侧面头像，说道：当我是马其顿的亚历山大时，为了庆祝阿尔贝拉[2]的胜利，我下令铸造了这种纪念币。

这个非常古老的故事流传很久。

---

* Robert Graves（1895—1985），英国作家，在西班牙马略卡岛居住，著有诗歌、散文、历史小说《罗马皇帝克劳狄自述》等。

1 原文为英文。

2 西亚古国亚述城市名，即现在伊拉克的埃尔比勒。公元前 331 年马其顿国王亚历山大大帝在此打败波斯国王大流士三世。

梦

我可能置身卢塞恩、科罗拉多或开罗，但每天早晨又恢复了博尔赫斯的习惯，总是从布宜诺斯艾利斯的梦中醒来。梦中的景象可能是绵亘的山峦，有栈桥的沼泽，通往地下室的螺旋楼梯，我必须清点沙数的沙丘，但是这些场景都在巴勒莫或者南城的一个确切的街口。不眠时我总是处于灰蓝色的薄雾之中；我在梦中见到死者或者同死者谈话，并不觉得惊异。我梦中所见，从来不是现在，而是以前的布宜诺斯艾利斯，总是墨西哥街国立图书馆的走廊和天窗。难道这一切意味着我无法挽回地、不可理解地是个布宜诺斯艾利斯人？

船

那是一个木制的结构，已经破损。它不知道，也永远不会知道，它是布伦努斯[1]之流设计建造的，布伦努斯把他的铁剑掷到地下（传说如此），铿锵有声地说："战败者活该倒霉！"同它相似的船只准有成百上千，如今都已成尘埃。它不知道，也永远不会知道，它曾在罗讷和阿尔沃的河流，以及欧洲中部那个辽阔的淡水海上劈波斩浪。它不知道，也永远不会知道，它曾在另一条更古老、更昼夜不息地逝去的、名叫"时间"的河流里破浪前进。早在恺撒出生一个世纪之前，高卢人建造了它，用于那次漫长的航行；十九世纪中叶，在城里两条街道的交叉处被发掘出来；如今，它始料不及地在一个博物馆里展出在我们惊讶的眼前，博物馆离加尔文当初宣扬命定论的大教堂不远。

---

1 Brennus（活动时期公元前 4 世纪初），高卢人首领。他在公元前 390 年征服罗马，谈判解除对罗马的围困时说：Vae victis!（战败者活该倒霉！）

街　　角

这幅图片可以是布宜诺斯艾利斯的任何一个街角。上面没有说明。但可以是查尔卡斯和马伊普街角，我家所在的地点；在我想象中，它满是我的幻影，进进出出，穿过了不知多少回。可以是对面的街角，现在那里有一座高层建筑，以前是居民楼，阳台上放着一些花盆，罗萨斯统治时期还有一个兵营，人行道是砖铺的，马路则是泥地。可以是那个曾经使你流连忘返的花园的一角。可以是九月十一日区一家咖啡馆的一角，特别害怕死亡的马塞多尼奥·费尔南德斯在那里向我们解释，死亡是我们所能遇到的最普通不过的事情。可以是阿尔马格罗南街图书馆一角，我在那里初次接触到莱昂·布洛瓦[1]的作品。可以是如今为数已经不多的那种没有截角的街角。可以是玛丽亚·儿玉和我带着一个柳条篮进去的那栋房屋的一角，篮里装着一只渡过大西洋的、名叫“奥丁”的阿比西尼亚小猫。可以是有一株树的一角，那株树从来就不知道自己是树，但给了我们慷慨的绿荫。可以是莱安德罗·阿莱姆在窗帘紧闭的马车和那一发致命的子弹前，最后一次见到的许多街角之一。可以是那家书店的一角，我曾在那里找到两本有关中国哲学的书。可以是埃斯塔尼斯劳·德尔坎伯去世时住家所在的埃斯梅拉达街和拉瓦列街的街角。可以是形成宽广棋盘似的许多街角中的任何一个。可以是几乎所有的街角，因此也是那个从未见过的原型。

---

1 Léon Bloy（1846—1917），法国小说家、散文作家。

雷克雅未克[*]的埃斯亚旅馆

生活中有些小事使人十分愉快。

我刚到旅馆。我始终处于盲人眼前的薄雾之中，探索指定给我住的那套我还不熟悉的房间。我触摸略微有些毛糙的墙壁，绕过家具，觉察到一根巨大的圆柱。柱子很粗，我张开双臂几乎都抱不住，费了好大的劲两手才能相握。我马上觉得柱子是白色的。坚实稳固，高达天花板。

我得到了一种几乎是标准型的事物给予人们的奇特的幸福感，感觉持续了几秒钟之久。当我领悟到欧几里得几何学的纯形状——圆锥体、正方体、球体、金字塔体时的基本快感，在那一瞬间又回来了。

---

* 冰岛共和国首都。

迷　　宫

这是克里特岛上的迷宫。这是克里特岛上有牛头怪盘踞其中的迷宫。这是克里特岛上有牛头怪盘踞其中的迷宫，根据但丁的想象，它是一条长着人头的公牛，有多少代人迷失在它错综复杂的石砌网络里。这是克里特岛上有牛头怪盘踞其中的迷宫，根据但丁的想象，它是一条长着人头的公牛，有多少代像玛丽亚·儿玉和我这样的人迷失在它错综复杂的石砌网络里。这是克里特岛上有牛头怪盘踞其中的迷宫，根据但丁的想象，它是一条长着人头的公牛，有多少代像玛丽亚·儿玉和我这样的人那天早晨迷失在它错综复杂的石砌网络里，并且还要在时间的另一个迷宫中迷失。

虎　　岛

据我所知，没有哪个别的城市是同一个鲜为人知的群岛相毗邻的，那些郁郁葱葱的岛屿消失在远处迷蒙的河水中，用文学语言来描述，流水缓慢得几乎可以说是停滞的。在我没有见过的其中一个岛屿上，莱奥波尔多·卢贡内斯结束了自己的生命，也许他生平第一次觉得终于摆脱了为世上各种事物寻找比喻、形容词和动词的神秘的责任。

多年前，虎使我对康拉德书中马来亚或者非洲的景色形成了也许是错误的印象。那些印象足以让我树立一座纪念碑，其经久的程度无疑不如某些漫长的星期日的青铜像。我想起了贺拉斯，在我看来，他仍是最神秘的一位诗人，因为他的诗篇总是意犹未尽，而且相互之间没有联系。很可能他的古典式的思维方式故意回避强调。我重读上面的文字时，发现世上所有的事物都把我引向一段引文或者一本书，不禁有些夹杂着喜悦的悲哀。

喷　泉

莱奥波尔多·卢贡内斯遗留给我们的许多东西里有这些坚定的诗句：作为山地人，我懂得岩石对人们灵魂的友谊是多么可贵。

我不知道卢贡内斯在哪种程度上可以自称是山地人，但是地理性质的疑惑同那个性质形容词的美学效应相比起来并不重要。

诗人表白了人和石之间的友谊；我想说的是另一种更基本、更神秘的友谊——人和水之间的友谊。说它更基本，是因为组成我们的不是肉和骨，而是时间，是短暂性，它的最直接的比喻便是水，赫拉克利特早已说过类似的话。

城市里都有喷泉，但是喷泉的理由各各不同。阿拉伯国家的喷泉源于对沙漠的古老的怀念，据说阿拉伯诗人喜欢在水池或者绿洲旁边歌唱。意大利的喷泉似乎是满足意大利灵魂特有的对美的需要。至于瑞士，据说城市总是希望靠近阿尔卑斯山脉，公共场所众多的喷泉意在模仿山间的瀑布。布宜诺斯艾利斯的喷泉比日内瓦或者巴塞尔的喷泉更具有装饰性、更明显。

匕首米隆加

一些慷慨的人在佩华霍[1]
把匕首给了我；
但愿它并不预示
罗萨斯时代的重返。

木柄用皮条缠绕，
没有护手的横档；
下面的钢刃眈眈虎视，
自有它隐秘的梦想。

它梦想有一只手

能让它脱离忘却；
然后让手的主人
实现他的决定。

佩华霍的匕首
欠下的不止一条人命；
打造匕首的人
为它设想了更惊人的命运。

我瞅着它，预见到
匕首或长剑
(结果没有什么差别)
以及其他致命武器的未来。

武器多如牛毛，
整个世界濒临死亡。

1 布宜诺斯艾利斯省一县名。

武器多如牛毛，
死亡不知如何选择。

匕首啊，你少安毋躁，
在平静的东西中间，
安稳地睡你的觉。
罗萨斯时代已经重返。

一九八三年

海迪·兰格和我在市中心一家餐馆里谈话。桌上摆放着餐具，剩下一些面包，或许还有两个酒杯；完全有理由推测我们一起用过餐。我们好像在讨论金·维多[1]导演的一部电影。酒杯里剩一点酒。我开始厌倦，觉得自己在重复已经说过的话，她却没有发现，仍在机械地回答我。我突然想起海迪·兰格早已去世。她是个幻影而不自知。我没有害怕的感觉；只认为向她挑明说她是个幻影，一个美丽的幻影，是不可能、或许不礼貌的。

梦境衍化成另一个梦，于是我醒了。

1 King Vidor（1894—1982），美国电影导演。

在拉丁区一家旅馆口授的笔记

王尔德说，人一生中的每一瞬息既是他的全部过去，又是他的全部将来。果真如此的话，春风得意和文学创作旺盛时期的王尔德，又是监狱囚禁时期的王尔德；牛津大学和雅典时期的王尔德，又是一九〇〇年几乎默默无闻地死于巴黎拉丁区阿尔萨斯旅馆的王尔德。那家旅馆现在改名奥特尔，里面没有两间客房是一模一样的。据说当初不是由建筑师设计、泥瓦匠修盖，而是由一位细木工匠加工而成的。王尔德一向厌恶现实主义；来这里参观的游客们承认这里修建得像是一部充满奥斯卡·王尔德想象力的遗作。

我希望看看花园的另一面，王尔德晚年对纪德说。谁都知道他经历过屈辱和监狱生活，但是他抗拒那些不幸时有一种青春和美的气息，他那首偏于伤感的著名歌谣并不是他最杰出的作品。我对《道林·格雷的肖像》评价相同，认为那是模仿斯蒂文森名著[1]的空泛而铺张的作品。

奥斯卡·王尔德的书给我们留下什么余味呢？幸福的神秘感。我们想到欢乐的香槟酒。我们带着欢乐和感激之情想起《妓女之家》、《斯芬克斯》、富于美感的对话、散文、童话、铭文、碑文式的小传，以及无数向我们展示了既愚蠢又机智的人物的喜剧。

王尔德的风格属于他那个时代的某个文学派别，“黄色的九十年代”[2]，追求视觉和音乐性的耐看的风格。他像运用别的风格那样，轻松愉快地运用了这一风格。

我无法对王尔德作出技术性的评价。我想起他时就像是想起一位好朋友，我们从未谋面，但熟悉他的声音，经常怀念他。

---

1 指《化身博士》。

2 原文为英文。

大 艺 术*

我站在马略卡岛雷蒙多·罗里奥[1]街的一个拐角上。

爱默生说过，语言是化石的诗；我们只要想一想，所有抽象的词类实际都是比喻，包括希腊文里意为“借用”的“比喻”这个词。十三世纪崇尚《圣经》之学，《圣经》就是圣灵同意并选中的一系列的词，当时却不能那么思考。一位天才人物，雷蒙多·罗里奥，为上帝设想了一些谓词（仁慈、伟大、永恒、权力、智慧、旨意、美德、荣耀），他用木头制作了由同心圆组成的某种思维机械，上面满是那些神圣谓语的符号，研究人员转动圆盘，就得出几乎无穷无尽的神学概念的许多组合。他把同样的原理应用于灵魂的性能和世上所有事物的性质。可以预见，这些组合机械毫无用处。几世纪后，乔纳森·斯威夫特在《格利佛游记》的第三部中嘲笑了他；莱布尼茨[2]也考虑过这种机械，但当然没有重新制造。

弗朗西斯·培根预言的实验科学带来了今天的控制学，从而使人们有可能登上月球，如果可以这么说的话，人们的计算机则是罗里奥的野心勃勃的圆盘的迟到的妹妹。

毛特纳指出，韵府也是一种思维机械。

---

* 标题原文为拉丁文。

1 即拉蒙·卢尔（Ramon Llull，1235—1316），加泰罗尼亚神学家、哲学家，生于马略卡岛，他写的《大艺术》是经院哲学的名著，还写小说，编百科全书，创办供教士学习外语的东方语言学校。

2 莱布尼茨（Gottfried Wilhelm Leibniz，1646—1716）研制过一台能四则运算的计算器。

汇 合 处

两条河流——一条是著名的罗讷河；另一条是几乎鲜为人知的阿尔沃河——在这里汇合。神话不是词典里的一句空话；而是心灵的永恒习惯。在某种意义上来说，两条汇合的河流是两种古老的灵感的交融。拉瓦登[1]写颂歌时也许就有这种感觉，但是修辞干预了他所感到的和看到的，把那些浊浪滚滚的大河变成了螺钿和珍珠。此外，和水有关的一切都带有诗意，使我们激动不已。插入陆地的海洋是“峡湾”或者“海口”，总使我们联想到磅礴的涛声；汇入大海的河流总使我们联想到曼里克[2]的比喻。

河畔埋葬着我的外祖母莱昂诺尔·苏亚雷斯·德·阿塞韦多。她诞生的地点是梅塞德斯，当时有一些小战事，可是乌拉主人至今仍称之为大战；她一九一七年死于日内瓦。她念念不忘她父亲在潘帕斯大草原上骑马冲锋陷阵的雄姿，唠唠叨叨地咒骂“普拉塔河流域的三个大暴君：罗萨斯、阿蒂加斯和索拉诺·洛佩斯”。她死时虚弱不堪；我们围在她病榻旁边，她气如游丝地说：让我安静地死去，然后吐出了我第一次也是最后一次听到的出自她嘴里的脏话。

---

1 Manuel José de Lavardén（1754—1809），阿根廷诗人、剧作家，著有《波澜壮阔的巴拉那河颂歌》。

2 Manrique（1831—1913），阿根廷作家、剧作家。

马德里，一九八二年七月

空间可以按巴拉[1]、码或公里的长度分割成块；生命的时间却用不上类似的尺度。我受了一度烫伤；医生嘱咐我在马德里旅馆这间没有特色的客房里待上十来天。我知道那个数字是不可能的；我知道每天包含着许多瞬间，瞬间是唯一真实的东西，每一瞬间有它独特的悲哀、喜悦、兴奋、腻烦或者激情。威廉·布莱克在他的《预言书》的一首诗里断言每分钟有六十多座黄金宫殿和六十多扇铁门；这句引语肯定和原文一样没有把握和错误。同样地，乔伊斯的《尤利西斯》故意把《奥德赛》的漫长航行日归纳在都柏林普普通通的一天里面。

我的脚离我远了一点，向我输送不似疼痛又似疼痛的信息。我已经感到今后我一定会怀念这一时刻的。回忆中的犹豫不决的时刻只有一种形象。我知道回到布宜诺斯艾利斯后，我会想念这种回忆。今晚也许不好过。

1　长度单位，1 巴拉约合 0.835 9 米。

拉普里达，一二一四年

今天算来，那楼梯我不知上过多少回了；苏尔·索拉尔在上面等我。那个面带微笑、颧骨很高的人，有普鲁士、斯拉夫、斯堪的纳维亚血统（他的父亲舒尔茨来自波罗的海地区），还有伦巴第和拉丁血统；他的母亲是意大利北部人。更重要的是另一种联合：许多语言和宗教，仿佛还有全部星座的联合，因为他又是星占学家。人们，主要是布宜诺斯艾利斯的人，容易接受现实；苏尔总是在改良和创造事物。他策划了两种语言；一种是克里奥语，也就是轻装上阵、富于新意的西班牙语。他认为 juguete 一词暗示着不健康的汁水；喜欢用 se toybesan，se toyquieran，或者 sansiéntese 之类生造的词[1]，他会对一位惊愕的阿根廷妇女说：我介绍您看看

“道”，然后又说：怎么？您没听说老子的《道德经》吗？他创造的另一种语言是以星占学为基础的“泛语言”。他还发明了“泛棋”，一种复杂的十二进制的象棋，棋盘有一百四十四个方格。他每次教我下这种棋时觉得太简单了，便增加了一些新规则，以致我永远没有学会。我们一起读威廉·布莱克的诗，特别是《预言书》，他向我解释其中的神话故事，但我不完全同意他的观点。他欣赏透纳和保罗·克利[2]的画，当时是二十年代，他居然声称对毕加索不感兴趣。我认为他对语言的重视超过诗歌，最重要的是绘画和音乐。他制作了一台半圆形的钢琴。金钱和成就对他都如浮云；他同布莱克或斯维登堡一样在灵魂的世界里。他信奉多神论；认为单一的上帝未免太少了。他欣赏梵蒂冈那种古罗马式的坚实的制度，分支机构分布世界各大城市。他的藏书是我所看到的最丰富多彩、赏心悦目的了。他给我看了一本多伊森的《哲学史》，不像别的作品那样从希腊开始，而是从印度和中国开始，并且

---

1 这几个词可以译为“我吻你”、“我爱你”和“您请坐”。

2 Paul Klee（1879—1940），瑞士现代派画家。

有一章专论吉尔伽美什[1]。他死于虎岛。

我对他妻子说，只要她握着他的手，他就不会死的。

一天晚上，她有事非离开一会儿不可，再回来时，苏尔死了。

所有值得怀念的人都有许多趣闻轶事；我现在对实现这种不可避免的命运助一臂之力。

1 Gilgamesh，巴比伦《吉尔伽美什史诗》的主人公，乌鲁克的国王。

沙　漠

我在离金字塔三四百米的地方弯下腰，抓起一把沙子，默默地松手，让它撒落在稍远处，低声说：我正在改变撒哈拉沙漠。这件事微不足道，但是那些并不巧妙的话十分确切，我想我积一生的经验才能说出那句话。那一刻是我在埃及逗留期间最有意义的回忆之一。

一九八三年八月二十二日

布拉德利认为目前是流向我们的未来在过去中分解的时刻，也就是不再存在的存在，或者用布瓦洛不无悲哀的话来说：

我说话的时刻
已经离我而去。[1]

不管怎么样，事件的前夕和事后的回忆总比不可捉摸的目前更为真实。旅行的前夕是旅行可贵的组成部分。我们的欧洲之行实际是前天，也就是八月二十二日开始的，但是十八日的晚餐已有了预先展示。玛丽亚·儿玉、阿尔贝托·吉里、恩里克·佩佐尼和我在一家日本餐馆相聚。饭菜是东方口味的荟萃。我们觉得即将来临的旅行已经存在于我们的谈话和餐馆女主人出乎意料送给我们的一瓶香槟酒里。更奇特的是，彼达街上一家日本馆子汇合了一群来自奈良或者镰仓的人在庆祝生日，弹奏乐器和合唱。我们身在布宜诺斯艾利斯，即将远行，却想起并预感到了日本。我忘不了那晚的情景。

1　原文为法文。

飞　泉

劳特布鲁嫩的飞泉远没有北美尼亚加拉瀑布那么有名，但比尼亚加拉瀑布更惊心动魄，令人难以忘怀。我是一九一六年见到的：老远就听到水从高处垂直泻下的巨大沉重的声响，水在岩石上撞击出一口越来越深的石井，这一景观可能在开天辟地的时候就有了。我们在那里过了一晚；对我们以及村里人来说，持久不息的声响终于成了静默。

多姿多彩的瑞士气象万千，居然也有一处可怕的地方。

萨克拉门托*殖民地

这里也进行过战争。我之所以说“也”，是因为这句话适用于世界几乎所有的地方。互相残杀，像繁育和做梦一样，是我们独特的人类最古老的习惯之一。阿尔儒巴罗塔[1]和那些如今已成灰烬的国王们的庞大的影子从大洋彼岸落到这里。卡斯蒂利亚人和葡萄牙人（后来也叫别的名字）在这里打过仗。我知道，巴西战争期间，我的一位先辈参加过对这座城市的围攻。

我们确凿无疑地感到了时间的存在，这一带难得找到这种感觉。墙垣和房屋处处亲切地让人想到美洲的过去。无需日期或人名地名；如同音乐一样，我们顿时的感觉就够了。

* 1680年葡萄牙人在乌拉圭建立的殖民地；西班牙军人、布宜诺斯艾利斯总督萨瓦拉（1682—1736）逐出葡萄牙人后，为了防止再遭入侵，于1726年在此建立蒙得维的亚城。

1 葡萄牙城市名，1385年葡萄牙国王若昂一世在此打败卡斯蒂利亚国王胡安一世。

拉雷科莱塔

伊西多罗·苏亚雷斯不在这里，他曾在胡宁战役率领一队轻骑兵发起冲锋，那只是一次小规模战斗，却改变了美洲的历史。

费利克斯·奥拉瓦利亚不在这里，他分担了苏亚雷斯的征战、密谋、长途奔袭、雪地跋涉、危险、友谊和流放。这里是他灰烬的灰烬。

我的祖父不在这里，米特雷在拉贝尔德投降后，他自杀了。

我的父亲不在这里，他教导我不再相信那无法忍受的不朽之说。

我的母亲不在这里，她原谅了我太多太多。

这里的墓志铭和十字架下面几乎什么都没有。

我不会在这里。我的毛发和指甲会在这里，它们不知道其余部分已经死去，仍继续生长，成为灰烬。

我不会在这里，我将会成为忘却的一部分，忘却是组成宇宙的微弱物质。

作品带来的拯救

一年秋天，时间长河中的一个秋天，神道教的神道们在泉井会聚，这已经不是第一次了。据说他们为数有八百万之多，但我非常胆小，在这么多的神道中间有点不知所措。此外，极大的数字也不好处理。我们不妨说是八个，因为八在这个岛国是吉祥的数字。

他们忧心忡忡，但不露声色，因为神道的表情很冷漠，莫测高深。他们围坐在一个苍翠的小山顶上。他们从天空、从一块石头或者一朵雪花上监视着人们。一位神道说：

几天，或者几个世纪前，我们在这里聚会，创造了日本和世界。水、鱼类、虹的七彩、一代又一代的植物和动物，结果都不错。为了防止这许多东西把人们压得喘不过气来，我们给了人们更替、多样的白天和单一的夜晚。我们还给了人们试验某些变异的才能。蜜蜂继续营造同样的蜂房；人们发明了工具：犁耙、钥匙、万花筒。还发明了刀剑和战争术。他们刚发明了一种无形的武器，也可能永远结束历史。在这种愚蠢的事情还没有发生以前，不如让我们把人们消灭掉吧。

神道们陷入沉思。一位神道不慌不忙地说：

确实如此。他们发明了那种可怕的东西，不过也发明了一种可以填进它十七个音所包括的空间的东西[1]。

他吟了一首。用的是一种陌生的语言，我听不懂。

最年长的神道决定说：

1 指日本的俳句，俳句是三行短诗，第一、三行各有五个音，第二行有七个音，共十七个音。

让人们活下去吧。

于是，一首俳句给人类带来了拯救。

一九八四年四月二十七日，出云

后　记*

对我们来说，地图册意味着什么，博尔赫斯？

是把我们的由精神世界组成的梦想织进时间经线的借口。

每次旅行前，我们闭上眼睛，握着手，随意翻开地图册，用我们的手指猜测不可能得到的感觉：山势的嵯峨、海洋的平滑、岛屿的魔幻似的屏障。现实是文学、艺术，以及我们孤寂童年的回忆的羊皮纸。

对我来说，罗马是你背诵歌德的哀歌[1]的声音；对你来说，威尼斯是一天傍晚在圣马可大教堂听音乐会时我向你传达的感受。巴黎让人想起你还是个固执的小孩，关在旅馆的客房里一面吃巧克力一面看雨果的书，你通过雨果的作品了解了巴黎；对于我，巴黎是看到卢浮宫石阶高处萨莫色雷斯的胜利女神像[2]时激动的泪水，我父亲借这座塑像教导我什么是美。美是具体化的和谐，是把微微的海风永远凝固在衣裾飘拂的皱褶上，实现了不可能做到的事情。沙漠是昂都尔曼战役、劳伦斯[3]以及寂静的神秘，直到那晚你在金字塔附近给了我一个词句的帝国，"改变了沙漠"，你告诉我说月亮是我的镜子。

穹隆似的时间庇护着我们，我们像我们的两只猫，奥丁和贝珀，进入篮子和柜子那样进入时间，同样天真无邪，同样好奇，急切地想发现秘密。

如今我在这里铸造超越时间的时间，而你在时间的星座中漫游，学习宇宙的语言，你早已知道那里有炽热的诗歌、美和爱。我专注地重温那些日子、国家和人物，越来越接近你，直到完成我们再次携手所需的一切事情。那时候，我们

---

* 此篇原文见 1992 年埃梅塞出版社三卷本全集，1996 年版删去。现作为附录收入。

1 德国诗人歌德写过《罗马哀歌》组诗二十首，回顾在罗马度过的幸福生活，反映了诗人与克里斯蒂娜的爱情关系。

2 萨莫色雷斯是爱琴海上的希腊岛屿，1863 年在此发现了一尊公元前 305 年雕刻的女神石像，石像展开双翼，衣裾飘拂，栩栩如生，后被迁至法国卢浮宫。

3 即阿拉伯的劳伦斯。

会再一次成为保罗和弗朗切斯卡、亨吉斯特和霍尔萨、乌尔里卡和哈维尔·奥塔罗拉、博尔赫斯和玛丽亚、普洛斯彼罗和阿里埃尔[1]，长相厮守，直到地老天荒。

亲爱的博尔赫斯，愿和平与我的爱与你同在。再见吧。

玛丽亚·儿玉

---

1 亨吉斯特和霍尔萨是传说中朱特人的领袖，公元449年在英格兰肯特郡登陆，霍尔萨于455年前后战死，亨吉斯特统治肯特至488年；乌尔里卡和哈维尔·奥塔罗拉是博尔赫斯小说《乌尔里卡》中的男女主人公；普洛斯彼罗和阿里埃尔是莎士比亚剧本《暴风雨》中的人物，普洛斯彼罗原为米兰公爵，被其弟篡位后住在荒岛，解救了被女巫西考拉克斯囚禁的精灵阿里埃尔，精灵为他服务了16年，最后回到意大利。

图书在版编目（CIP）数据

地图册 /（阿根廷）博尔赫斯（Borges, J. L.）著；
王永年译. —上海：上海译文出版社，2016.8（2024.2重印）
（博尔赫斯全集）
ISBN 978-7-5327-7308-4

Ⅰ. ①地… Ⅱ. ①博… ②王… Ⅲ. ①诗集－
阿根廷－现代 Ⅳ. ①I783.25

中国版本图书馆CIP数据核字（2016）第148650号

JORGE LUIS BORGES
Atlas

Copyright © 1996 by María Kodama
All rights reserved

图字：09-2010-605号

本书由上海市新闻出版专项资金资助出版

地图册

Atlas

JORGE LUIS BORGES
豪尔赫·路易斯·博尔赫斯 著
王永年 译

出版统筹 赵武平
责任编辑 缪伶超
装帧设计 陆智昌

上海译文出版社有限公司出版、发行
网址：www.yiwen.com.cn
201101 上海市闵行区号景路159弄B座
上海信老印刷厂印刷

开本 850×1168 1/32 印张 3 插页 2 字数 20,000
2016年8月第1版 2024年2月第4次印刷

ISBN 978-7-5327-7308-4/I·4451
定价：40.00元

本书版权为本社独家所有，未经本社同意不得转载、摘编或复制
本书如有质量问题，请与承印厂质量科联系，T：021-39907745